nickelodeon

BIENVENUE CHEZ LES LOUD

Une maman parfaite

Adaptation : Olivier Gay.
Création graphique du roman : Le chalet graphique.
Hachette Livre, 58, rue Jean-Bleuzen, 92178 Vanves Cedex.

nickelodeon

Bienvenue chez les Loud

Une maman parfaite

hachette
JEUNESSE

LINCOLN

Dans la famille Loud, il y a toujours de l'ambiance. Il faut dire qu'avec onze enfants, on ne s'ennuie jamais. À 11 ans, Lincoln est le **seul garçon**. Et pour survivre à ses dix sœurs, autant avoir un plan et rester zen !

11 ans

LORI

Lori est l'aînée de la fratrie et la **chef** auto-proclamée. Son portable à la main, elle passe son temps à appeler Bobby, son petit ami.

17 ans

LENI

Naïve et tête en l'air,
Leni est toujours
à la pointe de la **mode**.
Elle dessine et coud
des tenues hyper stylées !

16 ans

LUNA

Luna, la **rock star**,
adore parler en chantant
et jouer de la guitare,
son instrument préféré.
Avec elle, difficile d'avoir
un peu de calme.

15 ans

LUAN

Comédienne dans l'âme, Luan est un vrai petit **clown**. Elle raconte sans arrêt des blagues et adore faire rire son frère et ses sœurs.

14 ans

LYNN

Pour Lynn, il n'y a rien de mieux que le **sport**. Plus elle peut se dépenser, plus elle s'amuse !

13 ans

LUCY

À 8 ans, Lucy ne parle que de choses tristes et effrayantes. Avec son look **gothique**, elle fait peur à Lincoln, qui ne la voit souvent qu'au dernier moment.

8 ans

LANA

La jumelle de Lola est son parfait opposé ! Elle aime fouiller les poubelles pour y trouver des choses **sales** et dégoûtantes.

6 ans

LOLA

Lola se prend pour une vraie **princesse** ! Seuls le rose et les paillettes trouvent grâce à ses yeux.
Très maligne, elle obtient souvent ce qu'elle veut.

6 ans

LISA

Du haut de ses 4 ans, Lisa est la plus **intelligente** de la famille.
Cachée derrière ses grosses lunettes, elle a réponse à tout !

4 ans

LILY

Le petit **bébé** des Loud est la chouchoute de toute la famille. Surnommée affectueusement « la machine à popo », Lily cherche par tous les moyens à se débarrasser de sa couche sale !

15 mois

CLYDE

Fils unique, Clyde adorerait avoir plein de sœurs. Toujours fourré chez Lincoln, son **meilleur ami**, il est fou amoureux de Lori.

11 ans

Le métier de ses rêves

Peut-être enviez-vous parfois la vie de Lincoln Loud, qui habite une grande maison avec ses dix sœurs ? Après tout, cela a plein d'avantages : il a toujours quelqu'un avec qui jouer, par exemple.

Mais avez-vous déjà pensé à ses parents ? Ce n'est pas facile de gérer

une famille aussi nombreuse. Rien que le bruit, par exemple, peut vite devenir assourdissant. Quand on est onze et que tout le monde parle ou joue en même temps, on ne s'entend plus.

En ce moment, justement, tous les enfants sont réunis dans le salon, occupés à leurs activités favorites. Lynn, la sportive de la famille, est en train de s'entraîner au football américain sur le canapé :

– Et hop, je me fais la passe ! Youhou, un essai de marqué !

À côté d'elle, Luan s'entraîne à la ventriloquie avec sa marionnette, Monsieur Noix de Coco :

– Dis-moi, tu sais quelle est la monnaie des poissons ? Non ? Le « sou » marin !

Elle est la seule à rire, comme d'habitude…

Un peu plus loin, Luna joue de la guitare électrique tandis que Lola essaie d'écraser Lincoln avec sa voiture à pédales – il a l'habitude, mais ça reste désagréable !

Lori discute avec son petit ami au téléphone et Lana met de la boue partout. Lisa, le petit génie, se promène avec des… des tentacules dans un seau ! Mieux vaut ne pas lui demander ce qu'elle essaie de faire.

Bref, un jour ordinaire chez les Loud.

Dans la cuisine, M. Loud est très occupé à préparer le repas de midi pendant que sa femme essaie de lui dire quelque chose d'important. Bien sûr, dans le brouhaha ambiant, elle ne parvient pas à se faire comprendre.

– Tu as vu ? demande-t-elle en agitant un magazine.

– Tu veux de la salade ? demande M. Loud

– Non ! proteste Mme Loud. J'ai dit : regarde l'annonce dans le journal !

– Lincoln veut faire du cheval ? s'étonne son mari.

Si elle continue comme ça, Rita Loud ne parviendra jamais à expliquer à son mari ce qu'elle veut lui dire. Elle mime donc un volant, en tournant les mains, et son époux comprend tout de suite : ils se précipitent tous les deux dans la voiture et ferment les portes.

Ouf, enfin tranquilles ! Ce n'est pas la première fois qu'ils optent pour cette échappatoire. Après la cacophonie de la maison, c'est un vrai soulagement de retrouver le silence.

– QU'EST-CE QUE ÇA CRIE, LÀ-DEDANS ! hurle M. Loud, avant de se rappeler qu'ils sont désormais seuls et qu'il peut baisser la voix. Qu'est-ce que tu voulais me dire ?

– Tu sais, je répète souvent que j'aimerais me remettre à écrire depuis que j'ai fini mon roman…, commence sa femme.

– Oui ? s'écrie M. Loud, tout excité. Et alors ?

Il faut dire qu'il a toujours adoré le style de son épouse, et qu'il a hâte de lire un nouveau livre d'elle…

– … et je dis souvent que j'aimerais pouvoir en faire mon métier, continue-t-elle.

– Oui ! répète son mari un ton plus haut.

– Et *bim !* s'écrie Mme Loud en sortant un journal de derrière son dos, avant de préciser : J'ai entendu Lynn dire ça. Tiens, regarde. *La Gazette de Royal Woods* cherche un rédacteur pour une rubrique hebdomadaire sur l'éducation des enfants.

– Waouh, admire M. Loud. Tu es parfaite pour le job, avec notre grande famille ! Tu vas, euh, « grave déchirer », comme dirait Leni. C'est clair, tu devrais tenter le coup !

– Merci, chéri, je vais tout de suite leur envoyer mon CV, s'enthousiasme sa femme, gonflée à bloc.

Elle ouvre la porte de la voiture… mais aussitôt, les cris des enfants viennent briser leur tranquillité. On les entend jusqu'ici !

– … enfin, d'ici quelques minutes, conclut-elle.

Mme Loud envoie donc son CV puis, en attendant une éventuelle réponse, elle décide de s'occuper du jardin.

C'est beaucoup de travail, mais ça reste reposant : à l'extérieur, elle n'entend plus les hurlements de sa famille.

– Lalilala, chantonne-t-elle pour elle-même.

Soudain, son téléphone se met à vibrer :

– Allô ?

– Rita Loud ? demande la femme au bout du fil. Je suis Jessie Hiller, de *La Gazette de Royal Woods*. Voici les gros titres : nous avons trouvé la candidate idéale pour le poste ! Qui de mieux qu'une maman de onze enfants pour conseiller nos lecteurs dans notre nouvelle rubrique, « Une maman parfaite » ?

En tant que journaliste enthousiaste, Jessie utilise un vocabulaire bien particulier. Elle ne cesse d'employer des expressions du métier, comme « voici les gros titres » ou « attention au scoop » !

– Euh, qu'est-ce que vous avez dit ? s'étrangle Mme Loud. « Une maman parfaite » ?

– Coupez les rotatives, il y a un problème ? s'étonne Jessie.

En réalité, il n'y a pas qu'un seul problème, il y en a ONZE ! Un simple regard vers la maison confirme à Mme Loud que ses enfants sont tout aussi agités qu'avant. Luna est en plein solo de guitare, la petite Lily jette ses couches sales contre la vitre, et Luan prépare des tartes à lancer sur son frère…

D'un autre côté, Mme Loud a toujours rêvé d'un tel poste. Elle ne peut pas refuser si près du but.

– Non, aucun problème, finit-elle par dire. Vous voulez les conseils d'une maman parfaite ? Vous avez sonné à la bonne porte !

– Fantastique ! se réjouit Jessie. Mais avant de vous embaucher, j'aimerais qu'on se rencontre en personne.

– Bien sûr, je peux passer à votre bureau. Dites-moi quand ça vous arrange.

– Oh non, reprend la journaliste. Ce que je veux, c'est vous voir en action. Comme l'édition de l'après-midi, je serai devant chez vous à trois heures pile !

Trois heures ? Mme Loud regarde sa montre, affolée.

– Aaah ! hurle-t-elle, avant de se reprendre. Je veux dire, génial. À tout à l'heure.

Elle raccroche et tente de se calmer en respirant profondément.

– Aucun problème, je peux y arriver !

Mais une grosse explosion provenant de la maison lui confirme que ça ne sera pas aussi simple…

– Tout va bien ! annonce Lisa à travers le nouveau trou dans le toit. On aurait de la colle super méga extra-forte ?

Une famille parfaite

Si jamais Jessie voit le salon en bazar ou les enfants qui hurlent et courent dans tous les sens, elle ne voudra jamais embaucher Mme Loud. Après tout, ce qu'elle recherche pour sa rubrique, comme le titre l'indique, c'est une *maman parfaite*.

Si elle veut parvenir à impressionner Jessie, Mme Loud a donc besoin d'un énorme effort de la part de ses enfants. Elle les réunit tous dans le salon :

– Vous ne pouvez pas savoir à quel point cet entretien est important pour moi. Je tiens vraiment à avoir ce travail. Mais pour ça, j'aurais besoin que vous soyez… parfaits.

– Quoi ?! s'écrient les enfants. Impossible !

– Attends, tu rigoles, là ? s'étonne Lincoln.

– C'est déjà pas facile d'être sage, mais parfait, c'est franchement pas gagné, ajoute Lola.

– Euh, *spoiler alert*, c'est perdu d'avance, marmonne Lynn.

– Soupir, confirme Lucy. Enterre l'idée !

La jeune gothique aime beaucoup s'exprimer par onomatopées…

– Taux de probabilité : zéro, calcule Lisa.

– Gaga ! confirme bébé Lily.

Mme Loud espérait un peu que sa famille l'aiderait à décrocher le poste de ses rêves, mais il faut croire que c'est au-dessus de leurs forces.

Devant cette levée de boucliers, elle doit trouver une nouvelle stratégie, et vite :

– Bon, d'accord, changement de plan. Si j'obtiens ce travail, je vous emmène tous fêter ça chez Jean-Juan, le restaurant franco-mexicain. Qu'est-ce que vous en dites ?

Ce restaurant est le préféré des enfants. Il mélange les spécialités françaises et mexicaines, et on peut y remplir des tacos avec de la confiture ou des croissants avec du guacamole. Mme Loud a trouvé le bon argument : les filles se regardent, folles de joie.

– Tu peux compter sur nous, maman ! déclare Lincoln de son côté.

– Ouais ! confirme Lana. T'inquiète, tu vas avoir ce travail les doigts dans le nez !

Histoire de bien faire comprendre ce qu'elle veut dire, elle se cure ostensiblement les narines.

– Pas besoin de nous faire un dessin, Lana, grimace Lisa.

– Venez, allons nous transformer en parfaits petits anges, suggère Lori.

Les onze enfants montent tous dans leur chambre… pendant que les animaux de compagnie, abandonnés, regardent Mme Loud avec un air de reproche.

– Oui, bon, je sais, soudoyer ses enfants, c'est pas digne d'une mère parfaite, mais je veux vraiment ce job !

Il est temps de voir si les Loud sont capables, l'espace d'un instant, de se transformer en famille parfaite !

À quinze heures pile, Jessie sonne à la porte de la grande maison. Rita Loud a eu le temps de tout ranger, tout nettoyer, et de se changer. Elle accueille la journaliste avec un tablier de cuisine autour des hanches, comme une ménagère parfaite. Elle a même pris le temps de se mettre du maquillage !

– Bonjour, madame Hiller, soyez la bienvenue chez nous ! lance-t-elle avec un sourire radieux.

– Bonjour, Rita, répond Jessie en entrant. Gros titres : vous êtes rayonnante ! Sous-titre : votre maison est parfaitement tenue !

Décidément, elle parle comme si toute la vie était un journal…

Mme Loud glousse et s'approche de la table basse rutilante. Elle y a préparé des gâteaux et des apéritifs.

– Puis-je vous proposer un muffin fait maison ou une limonade fraîchement pressée ? suggère-t-elle.

– Une maîtresse de maison parfaite, jusqu'au bout des ongles, admire Jessie.

Elle commence à dévorer une pâtisserie, lorsque Cliff, le chat, surgit de la cuisine, coincé... dans une boîte de gâteaux artisanaux ! En réalité, Mme Loud s'est contentée de tout acheter au supermarché !

Heureusement, Jessie tourne le dos au chaton, et Charles, le chien de la famille, en profite pour pousser discrètement l'animal dans la cuisine. Ouf, le pire a été évité... pour le moment. Mme Loud pousse un soupir de soulagement avant de passer à l'étape suivante :

– Voulez-vous rencontrer mes petits anges adorés ? Les enfaaaants !

Tout en les appelant, elle agite une petite clochette, comme dans les familles les plus traditionnelles, pour faire descendre tout le monde.

Les filles sont méconnaissables ! Elles portent toutes un uniforme

bleu clair, avec des socquettes et une jupe ou un bermuda assorti. Elles se présentent les unes après les autres, par ordre d'âge, en faisant une jolie révérence :

– Moi, c'est Lori !

– Et moi Leni !

– Luna, à votre service.

– Je m'appelle Luan !

– Lynn Loud !

C'est au tour de Lincoln, en chemise et bermuda, comme les autres :

– Lincoln, déclare-t-il.

Puis le défilé continue :

– Bonjour, moi c'est Lucy.

– Lana, ravie de vous rencontrer.

– Lola Loud, enchantée de faire votre connaissance.

– Lisa Loud, docteur ès sciences.

Même bébé Lily parvient à articuler son prénom au lieu de dire « popo » comme d'habitude.

– Li-ly !

– Oh, ils ont l'air adorables, s'extasie Jessie. Alors, dites-moi tout, comment est votre maman ?

Aussitôt, le naturel reprend le dessus :

– Ça, c'est une excellente question, meuf, lance Luna avant de se reprendre : euh… madame.

Pour se rattraper, elle ajoute :

– Si vous le permettez, on va vous répondre en chanson.

Elle sort sa guitare et commence à chanter :

– *La vie chez les Loud c'est vraiment dément.*

– *Et c'est grâce à notre fantastique maman,* intervient Lincoln.

Bientôt, les autres filles se joignent au chœur tout en dansant sur place :

– *Elle m'emmène où je veux aller,* fait Lynn.

– *Et mes mots, elle fait rimer,* ajoute Lucy.

– *De tous, elle est la tasse de thé,* glousse Lola.

– *Notre fantastique maman*, chantent tous les enfants ensemble.

– *À tout âge, elle gère nos problèmes*, reprend Lori.

– *Mais elle nous fait réfléchir quand même*, déclare Lisa.

– *Elle pilote avions et ULM*, entonne Lana.

– *Notre fantastique mamaaann !*

– *Toujours légère, elle nous fait rire*, fredonne Luan.

– *Vivre avec elle, c'est du délire*, observe Leni.

– *Votre rubrique, elle devrait l'écrire*, concluent les enfants dans un final magnifique.

Jessie a tout écouté, émue. À peine les dernières notes s'éteignent-elles qu'elle applaudit à tout rompre.

– Sensationnel ! Si je devais faire une critique, je vous mettrais cinq étoiles !

De son côté, Mme Loud reste impassible, comme si cela arrivait tous les jours.

– Bravo, c'était parfait, comme d'habitude. Vous pouvez remonter jouer, maintenant, mais en silence, d'accord ?

– On peut ranger nos chambres à la place ? improvise Lincoln, désireux d'en faire un maximum.

– Bien sûr, répond sa mère en riant gentiment.

Décidément, les enfants ont mis le paquet pour remplir leur part du marché. Espérons que Jessie a été convaincue ! Pendant qu'ils remontent à l'étage, la journaliste se prépare à rendre son verdict…

Enfin journaliste !

Jessie se tourne vers Mme Loud, un sourire éblouissant aux lèvres. Elle a trouvé la perle rare !

– Rita, j'ai passé une heure absolument parfaite avec vous. Flash spécial : vous êtes engagée.

En haut de l'escalier, les enfants poussent des hurlements de joie :

– Ouais !

– Trop génial !

– On a gagné !

… avant de se rendre compte qu'ils doivent encore rester sages un moment. Ils s'arrêtent donc de crier et applaudissent poliment.

– Merci, Jessie, je ne sais pas quoi dire, souffle Mme Loud, en raccompagnant son invitée à la porte.

– Ne vous en faites pas, je suis sûre que vous trouverez les mots pour votre rubrique, réplique la journaliste.

À peine est-elle partie que les enfants se précipitent vers leur mère, ravis :

– Bravo, Maman, tu as réussi !

– On est trop contents pour toi !

Mais soudain, la porte d'entrée s'ouvre en grand. Est-ce Jessie qui est revenue ?

Non, c'est M. Loud, habillé comme les autres, avec une chemise et un bermuda ! Il devait participer au spectacle, lui aussi, mais il arrive bien trop tard.

– Je suis prêt pour la chanson, lance-t-il avant de soupirer : *rho,* zut, je l'ai ratée.

Il se faisait une telle joie de chanter les couplets pour aider sa femme !

Maintenant que Mme Loud est engagée, les enfants peuvent reprendre une activité normale ! Pendant que leur mère tape son premier article sur son ordinateur, Lynn joue au ballon dans le salon, Lana vole des biscuits avec son iguane apprivoisé, de l'eau coule dans l'escalier (sans doute une expérience de Lisa), Lily s'en sert comme toboggan et Lori court après sa sœur lorsqu'elle se prend le ballon dans la figure. Si Jessie voyait ça !

Dans cette rubrique, Mme Loud répond aux questions de parents débordés, qui envoient leur message avec un pseudonyme. La première s'appelle « patronne des devoirs », comme si elle n'en pouvait plus de faire travailler ses enfants tous les soirs !

Chère « patronne des devoirs », rappelez à vos enfants que, plus vite les devoirs seront terminés, plus vite ils pourront s'amuser. Et vous verrez qu'ils seront beaucoup plus efficaces ! écrit Mme Loud.

C'est très beau dans un journal mais, en réalité, elle sait qu'elle n'a jamais réussi à faire obéir ses enfants dans ce domaine. Bien sûr, certaines filles, comme Lisa, sont en avance sur leur âge et adorent réviser !

De la même manière, heureusement que la journaliste ne peut pas vérifier les repas des enfants supposés parfaits. Pendant que Mme Loud écrit un article sur l'alimentation, Lincoln et Lola dévorent à pleines dents des parts de pizza qui viennent d'être livrées ! Lucy, portée par ses deux chauves-souris apprivoisées, volette dans le salon pour chiper une part,

tandis que Leni et Luna se battent pour les derniers morceaux. Rien à voir avec un repas classique !

Cher « cuistot des marmots », si vos enfants ne veulent pas manger leur assiette, présentez-leur les légumes sous la forme d'une magnifique mosaïque et invitez-les à déguster un chef-d'œuvre !

Bientôt, les conseils de Mme Loud se retrouvent en première page de *La Gazette de Royal Woods* !

Cher « larbin des bambins »…

Chère « Madame crise d'ado »…

Chère « bébé, dodo, popo »…

Quel succès ! À tel point que quelqu'un finit par tapoter l'épaule de Mme Loud pendant qu'elle fait ses courses.

– Excusez-moi, vous ne seriez pas Rita Loud, celle qui écrit la rubrique sur l'éducation des enfants ?

– Si, en effet, c'est moi, répond cette dernière en se tournant vers son interlocutrice.

– Oh, je lis vos articles tous les jours ! C'est moi la, euh, « patronne des devoirs » !

Quelle coïncidence ! C'est justement le premier article qu'a écrit Mme Loud !

Mais la mère de famille s'interrompt en apercevant les enfants Loud dans le magasin. Luan porte Lisa sur son dos ; elle est pourchassée par Lynn, qui conduit Lucy et Lana dans un caddie. Cette dernière fait tournoyer un lasso de saucisses pour essayer d'attraper les fugitives ! Derrière, Lori pousse Leni et Lily, qui a enlevé sa couche et l'agite dans tous les sens. Lincoln, Lola et Luna suivent le mouvement en courant. Malheureusement, un chariot rate un virage et les enfants heurtent de plein fouet les étals de fruits et légumes. Ils sont recouverts de pastèque écrasée et leurs vêtements sont pleins de jus !

– Quelle bande de petits sauvages, s'agace la mère de famille. On se demande bien où sont leurs parents !

Mme Loud est très embarrassée mais, heureusement, personne ne sait que c'est elle, la maman ! Elle se penche vers sa voisine et souffle sur un ton de conspiratrice :

– Je peux vous dire où ils ne sont pas : en train de lire mes conseils pour que leurs enfants se tiennent bien en public.

– Ça, c'est sûr ! rit la mère de famille. Voilà qui est bien dit, « maman parfaite ».

Elle part en poussant son caddie, et Mme Loud en profite pour récupérer sa famille, toujours couverte de jus de pastèque.

– Venez, les enfants, on y va ! murmure-t-elle en les poussant vers la sortie.

– Mais, et les courses ? proteste Leni.

– Tant pis, laisse-les ! insiste sa mère.

Si elle se faisait reconnaître, quelle humiliation ce serait ! Tout le monde comprendrait qu'elle n'a rien d'une maman parfaite…

Double jeu

En rentrant, Mme Loud met de l'essence dans son van à la seule station-service du coin, celle du terrible Flip. Il a un sens du commerce très particulier et cherche toujours à gagner plus d'argent ! D'ailleurs, lorsqu'elle se prépare à nettoyer son pare-brise, il surgit de son magasin :

– Dites donc, c'est payant, le lavage, c'est cinq dollars !

– Pfff, dans ce cas, tant pis, grommelle Mme Loud en reposant la raclette.

Mais soudain, un passant écarquille les yeux en la voyant :

– Excusez-moi, vous ne seriez pas Rita Loud, celle qui écrit la rubrique sur l'éducation des enfants ?

– Oh ? Oui, c'est moi, se rengorge Mme Loud avec un petit rire modeste.

Heureusement que l'homme ne voit pas Lincoln et ses dix sœurs entassés dans le van en train de se disputer !

– Je peux avoir votre autographe ? demande-t-il.

Au même moment, les mouvements des enfants déclenchent l'alarme du van, tandis que leurs disputes font trembler le véhicule. Cette fois-ci, l'admirateur a forcément remarqué ! Il va comprendre que ses enfants ne sont pas aussi sages qu'elle le vante ! La seule solution, c'est de se faire passer pour quelqu'un d'autre. En quelques secondes, Mme Loud se décoiffe, change de posture :

– Eh bien, en fait, non, improvise-t-elle, je ne suis pas Rita Loud, je suis la sœur de Flip, Flo.

Histoire de rendre son mensonge plus crédible, elle imite même la façon de parler du commerçant :

– Je veux bien signer votre journal à la noix, mon petit, mais c'est pas gratos. Ça va vous coûter cinq billets.

Bien sûr, l'admirateur fuit… et Mme Loud en profite pour monter dans le van et filer jusqu'à la maison. Ouf, ce n'est pas passé loin, mais elle n'aura pas autant de chance à chaque fois. Il faut qu'elle trouve un moyen de ne pas se faire démasquer.

Le lendemain, tous les enfants descendent de leur chambre, d'excellente humeur.

– Woohoo, après-midi cinéma ! résume Lincoln.

D'habitude, c'est leur mère qui les emmène mais, cette fois-ci, Lori reçoit un message sur son portable.

– Maman vient d'envoyer un texto. Elle a dû aller au journal. Donc c'est moi votre chauffeur, aujourd'hui, explique-t-elle.

En réalité, Mme Loud n'est pas du tout en train de travailler. Elle s'est cachée dans la maison, et elle entre dans le salon dès que ses enfants sont sortis.

– Quoi ? proteste-t-elle devant le regard accusateur de ses animaux domestiques. Je ne peux pas risquer d'être aperçue avec eux en ce moment. Hé, oh, je vous ai vus lever les yeux au ciel !

Une semaine plus tard, Mme Loud rentre chez elle au moment où, comme d'habitude, Luan raconte une blague à Monsieur Noix de Coco, Lynn saute sur le canapé ou encore Lana fait le poirier en mettant de la boue partout dans le salon. En général, ses allées et venues ne sont pas vraiment remarquées… mais, cette fois-ci, tous les enfants se précipitent vers elle, y compris ceux qui étaient encore dans leur chambre, pour lui faire un gros câlin.

– Maman ! Tu nous as manqué ! crient-ils en chœur.

– Oh, en voilà un accueil chaleureux, se réjouit leur mère.

– Eh bien, ça fait des jours qu'on ne t'a pas vue, explique Lincoln.

– Je sais, soupire Mme Loud. Je suis vraiment désolée, mais j'ai été très occupée avec ma rubrique.

En réalité, elle a passé la semaine à se cacher pour ne pas être vue avec ses enfants. Ça a particulièrement bien marché, mais elle se sent un peu coupable de jouer ainsi un double jeu.

– Ça ne fait rien, se console Luan. Ce soir, on sera ensemble pour notre grande soirée !

– Ah oui ? Quelle grande soirée ? s'étonne sa mère.

– Tu nous as promis que si on se comportait comme des anges devant ta future patronne, tu nous emmènerais chez Jean-Juan, rappelle Lisa comme si c'était évident.

– Ouais ! confirment tous les autres.

– On va s'en mettre plein la panse ! se réjouit Lynn.

– Leur guacamole est à se damner ! ajoute Lucy.

– Ça fait une semaine qu'on compte les jours ! glousse Lana.

Après tout, c'est pour ça qu'ils ont fait autant d'efforts. Ils ont même composé une chanson !

Mais pour Mme Loud, c'est une catastrophe. Elle sait comment sa famille se comporte dans un restaurant et, cette fois-ci, elle ne pourra pas faire semblant d'être quelqu'un d'autre : elle sera à la même table !

– Oh, désolée les enfants, mais je, euh…, bredouille-t-elle.

Aussitôt, l'enthousiasme de sa famille disparaît. Tous font une tête désespérée avec de grands yeux tristes :

– Mais tu avais PROMIS ! s'indigne Lana.

Il faut qu'elle trouve une solution, et vite !

Un après-midi au restaurant

Soudain, Mme Loud a une idée de génie !

– Euh… oui, c'est vrai, admet-elle. Vous savez quoi ? Allons-y maintenant !

– Maintenant ? répète Leni, stupéfaite. Mais il est quinze heures, même grand-père ne dîne pas aussi tôt !

– On va être les seuls clients dans le restaurant, proteste Lori.

– Espérons-le, murmure Mme Loud.

C'est en effet son plan. À cette heure-ci, personne ne devrait les voir !

Tous s'entassent dans le van puis arrivent devant Jean-Juan, le restaurant franco-mexicain ! Mme Loud a tout prévu et, au cas où, a chaussé des lunettes de soleil et mis un chapeau pour passer incognito. Mais, même ainsi, elle n'a pas envie de prendre de risques. Plus elle parviendra à isoler sa famille, moins elle aura de chance de se faire démasquer.

– Vous auriez une table au fond de la cour ? demande-t-elle. Ou même, disons… dans la cuisine ?

Elle adresse un clin d'œil au serveur mais, devant son regard interloqué, revient sur sa première proposition :

– Bon, le fond de la salle fera l'affaire.

Toute la famille s'attable et, comme prévu, le repas se passe très bien… mais ne respecte pas vraiment les règles de bienséance. Lana lèche son assiette pour ne pas en laisser une miette tandis que Luan a fait s'asseoir Monsieur Noix de Coco à côté d'elle.

– Regarde, ta veste est toute... entortilla, glousse-t-elle avant de rajouter de sa voix de ventriloque : Hé, moins de blabla, plus de salsa !

Puis elle enfonce la tête de sa marionnette dans un pot de sauce...

Pendant ce temps, Lola organise une partie de chat dans tout le restaurant :

– Quatre oies, cinq oies, six oies, c'est toi ! compte-t-elle avant de toucher le pied de Lisa.

Celle-ci se précipite pour la toucher à son tour :

– Tu vas voir un peu si je t'attrape !

Les enfants se mettent à courir dans tout le restaurant ; heureusement qu'il n'y a pas d'autres clients !

De son côté, bien sûr, Lynn ne peut pas rester en place. Elle s'empare d'une tortilla et s'en sert comme d'un ballon de football américain. C'est la seule vraie sportive de la famille, elle joue donc presque toujours contre elle-même… mais pas cette fois-ci !

– Lynn fait une longue passe à l'avant pour Lincoln, commente-t-elle.

– … qui attrape et…, commence le garçon avant de recevoir le contenu de la tortilla en pleine figure.

Forcément, c'est moins maniable qu'un vrai ballon. Le voilà recouvert de sauce !

C'est le moment que choisit Jessie pour débarquer dans le restaurant avec deux collègues. Comment est-ce possible ? Mme Loud avait fait exprès de choisir un horaire improbable !

Mais justement, la journaliste vient pour une raison bien précise :

– Quelle bonne idée de faire nos réunions de rédaction ici, se réjouit-elle.

– Oh non, c'est pas vrai, gémit Mme Loud en se cachant derrière un menu.

– Il paraît que leur guacamole est digne d'être en première page, déclare l'une des journalistes.

Mme Loud n'a pas le choix. Si elle reste ici, elle va se faire démasquer d'une minute à l'autre, et elle risque de perdre son travail. Elle se glisse sous la table, sous la nappe, et rampe jusqu'à ses enfants.

– Psst, il faut qu'on rentre ! murmure-t-elle avant d'appeler le serveur. Garçon ? L'addition !

Mais personne ne l'entend ni ne la voit ainsi, et Luna continue son concert improvisé avec des baguettes de pain. Bien sûr, l'une d'entre elles lui échappe et tombe tout droit dans l'assiette de guacamole des journalistes, qui se font tous asperger.

– Qu'est-ce que c'est que ça ? demande l'un d'eux, stupéfait.

De plus en plus surpris, ils suivent du regard Lucy, en train de compter pour trouver un nouveau « chat » :

– Am, stram, gram…

Elle touche la main de Lori, qui bondit de sa chaise pour la pourchasser :

– C'est moi ?

Mais en chemin, elle heurte un serveur, qui en bouscule un autre, et tout un plat finit renversé sur la table des journalistes. C'est la deuxième fois qu'ils ont leurs vêtements souillés ainsi !

– Nom d'une intox, qu'est-ce que c'est que ce bazar ? s'énerve Jessie en se levant d'un bond.

– Ah, je vous reconnais, vous êtes la patronne de maman ! s'écrie Leni, qui fait toujours des gaffes. Coucou !

Autour d'elle, les dix autres enfants s'arrêtent net – certains ont du guacamole dans les cheveux et leur table est couverte de saleté, de déchets et de taches diverses. Ils en ont mis partout ! Ils ne ressemblent absolument pas à une famille parfaite.

– Oh non, gémit Mme Loud, sous la nappe.

Son pire cauchemar est en train de se réaliser.

Une maman imparfaite

Malgré les vêtements différents et la saleté qui les recouvre, Jessie finit enfin par reconnaître les enfants devant elle.

– Mais… c'est la famille Loud ! s'étrangle-t-elle.

Lincoln tente de rattraper la situation… à sa manière.

– Non, vous devez confondre, nous on est, euh… les enfants de Flip !

En comprenant son plan, les filles se décoiffent pour que le mensonge soit plus crédible, comme Mme Loud dans la station-service.

– Moi, c'est Flavie, ça roule ma poule ? demande Lola.

– Ouais, moi c'est Flamine, intervient Luna.

– Ouais, et moi c'est, genre, euh… Flora ! bredouille Lori, à court d'inspiration.

Leni regarde ses sœurs une à une, de plus en plus perdue. Pourquoi prétendent-elles être quelqu'un d'autre ?

– Je ne comprends rien ! dit-elle.

– Oh, laissez tomber, les enfants, soupire Mme Loud en sortant de sous la table et en se cognant la tête au passage. Aïe ! Inutile de mentir pour moi.

– Qu'est-ce qui se passe, Rita ? s'étonne Jessie. Vos enfants ont été mordus par un raton laveur enragé ou quoi ?

– Génial ! s'écrie Lana qui ne rêve que de ça. Si seulement !

– Non, c'est comme ça qu'on est en réalité, soupire Mme Loud. Ce que vous avez vu chez moi, c'était une mise en scène.

– Mais… et les muffins… la chanson… les tenues assorties ? proteste Jessie, choquée.

– Tout était faux, avoue Mme Loud. Je savais que vous cherchiez une mère parfaite et je voulais vraiment ce travail alors…

Elle pousse un gros soupir et continue :

– En réalité, je ne suis pas une mère parfaite. J'essaie de faire de mon mieux, et parfois, ça se passe très bien.

Mais il m'arrive souvent d'être dépassée. Être un parent, c'est le plus beau des métiers… mais c'est aussi le plus difficile. Désolée de vous avoir induite en erreur.

C'est un discours magnifique, mais la journaliste n'y est pas sensible du tout.

– Moi aussi, je suis désolée. Vous n'êtes clairement pas faite pour ce job. J'ai un scoop : vous êtes renvoyée !

Mme Loud baisse les yeux, déprimée, mais soudain, l'un des convives à la table de Jessie les rejoint :

– Une petite minute, je trouve très intéressant ce qu'elle vient de dire.

– Oui, confirme la troisième journaliste, c'est dur d'être un bon parent. Et ça, ce serait une bonne rubrique. Au lieu de parler des parents parfaits, parlons des parents *imparfaits* !

– Pourquoi ? Vous vous identifiez ? s'étonne Jessie.

– Oui, l'autre jour, j'ai mis trois quarts d'heure à faire monter mes enfants dans la voiture, marmonne le journaliste.

Voilà qui fait réfléchir Jessie.

– Hmm… C'est sûr que moi, je n'en sais rien, je n'ai pas d'enfants.

– Ça veut dire que vous n'allez pas renvoyer notre maman ? se réjouit Lori.

– L'info vient de tomber, votre maman va garder son travail ! confirme Jessie.

– Ouais ! Génial ! hurlent les enfants.

– Rita, plus besoin d'être parfaite, continue Jessie. À partir de maintenant, soyez simplement… vous-même.

– Merci, Jessie, souffle Mme Loud, émue. Ça, au moins, je sais faire !

Pour célébrer la victoire, Lynn vient écraser un faux ballon de football américain aux pieds de sa mère :

– Un essai marqué par le burrito, ouaaaais !

Il y a du jus partout ! Décidément, ce n'est pas gagné… d'autant plus que le serveur vient apporter l'addition, blasé.

– Toutes mes félicitations pour votre poste, madame. Maintenant, si vous voulez bien aller fêter ça ailleurs…

– Hein ? s'affolent les journalistes.

C'est bien la première fois qu'on leur demande de partir d'un restaurant !

Mais Mme Loud, elle, réagit avec un calme olympien :

– Non, ce n'est rien… on a l'habitude !

Ce n'est pas facile d'être parent, et encore moins d'une famille de onze enfants ! Comme l'a très bien dit Mme Loud, il y a des moments où tout semble fonctionner, et des périodes plus difficiles… comme pour tout.

En tout cas, elle a bien mérité son poste de journaliste, et elle n'aura plus à se cacher lorsqu'on la reconnaîtra en ville.

Ni à se faire passer pour la sœur de Flip !

FIN

nickelodeon
BIENVENUE CHEZ LES LOUD
RETROUVE LA NOMBREUSE ET DÉJANTÉE FAMILLE LOUD EN DVD !
SAISON 1
SAISON 2
SAISON 3
Retrouve tous nos titres sur www.citel-video.com
Retrouve ta série sur nickelodeon
@citel.video
citel.video
@citel_video
Citel VIDEO
© 2021 Viacom International Inc. Tous droits réservés.

As-tu lu les autres aventures de Lincoln ?

Tome 1

Tome 2

Tome 3

Tome 4

Tome 5

Tome 6

Tome 7

Tome 8

Tome 9

Tome 10

Tome 11

Tome 12

Tome 13

Tome 14

Tome 15

Tome 16

Tome 17

Tome 18

Tome 19

Tome 20

Tome 21

Tome 22

Tome 23

Tome 24

Tome 25

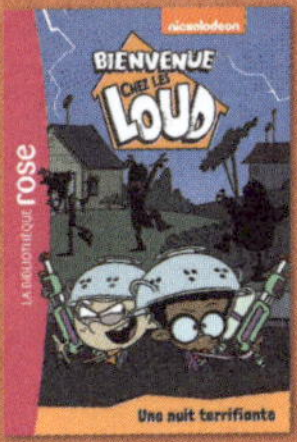

Tome 26

Tome 27

Tous tes héros sont sur
www.bibliotheque-rose.com

Tu as aimé cette histoire ?
Retrouve la famille Loud
dans le prochain tome !

nickelodeon

BIENVENUE CHEZ LES LOUD

COLLECTIONNE TOUTES LES BD DE TA FAMILLE PRÉFÉRÉE !

Tome 1

Tome 2

Tome 3

Intégrale : Tomes 1/2/3

Tome 4

Tome 5

Tome 6

Tome 7

Tome 8

Tome 9

Tome 10

Retrouve ta série sur nickelodeon

hachette

Table

hachette s'engage pour l'environnement en réduisant l'empreinte carbone de ses livres. Celle de cet exemplaire est de :
300 g éq. CO_2
Rendez-vous sur
www.hachette-durable.fr

PAPIER À BASE DE FIBRES CERTIFIÉES

Photogravure Nord Compo - Villeneuve-d'Ascq

Imprimé par Macrolibros en Espagne
Dépôt légal : juillet 2021
Achevé d'imprimer : Juin 2021
50.8570.0/01 – ISBN 978-2-01-714575-2
Loi n° 49956 du 16 juillet 1949
sur les publications destinées à la jeunesse